いつかどこかで
子どもの詩ベスト147

谷川俊太郎
田　原 編

集英社文庫

いつかどこかで　子どもの詩ベスト147　目次

新作詩

いつかどこかで

子どもの詩ベスト147

新作詩

いつかどこかで

私が生まれて初めて書いた文字は
ひらがなの「ね」と「こ」
猫は飼っていなかったのに
字だけがアルバムに残っていて
「ね」の字が座ってる猫そっくり

私が初めて書いた詩は
ゴムを巻いてプロペラを回す
小学校の宿題のライトプレーン
今思うとつかの間空に浮かぶ姿が
私を詩へ誘《いざな》ったのかもしれない

私の詩の初めての読者は
高校の同級生の文学青年K
私より早く恋をして私より早く
ゆあーんゆよーんと口ずさみ
ともに〈幾時代かがありました〉

「本当の詩は経験が書かせてくれる」
そんなリルケの言葉に反発して
若い私は直観で詩を書き続け
絶えず自分を上書きしていた
詩と言葉そのものを信じきれずに

だが老いた今
いつも誰かがこの世界のどこかで
詩を読み詩を書いている事実が

かけがえのない喜びに思えるのは
何故《なぜ》だろう

『あなたに』より

顔

砂漠は世界の額であれ
樹々《きぎ》は世界の髪であれ
空は世界の瞳
山は鼻　火は唇
海は世界の頰《ほお》であれ
世界はひとつの顔であれ
盲《めし》いた私の眼《め》を二つの黒子《ほくろ》に
凍った私の心をささやかな耳飾りに
世界はひとつの
おそろしい微笑み《ほほえ》の顔であれ

——一九六〇年　東京創元社

『落首九十九』より
――一九六四年　朝日新聞社

大人の時間

子供は一週間たてば
一週間ぶん利口になる
子供は一週間のうちに
新しいことばを五十おぼえる
子供は一週間で
自分を変えることができる
大人は一週間たっても
もとのまま
大人は一週間のあいだ
同じ週刊誌をひっくり返し
大人は一週間かかって

子供を叱ることができるだけ

死

死因が分ったところで
死が説明できるわけではない
犯人が見つかったところで
死がつぐなわれるわけではない
死は

死

死は突然にやってくる
何の説明もなく

その死の上に秋の陽《ひ》は輝きわたる
やはり何の説明もなく

誰が……

誰が殺すのか？
無名の兵士を
目に見えもしない国境の上で

誰が造るのか？
冷《つめた》くなまぐさい銃を
子供を愛撫《あいぶ》するその手で

誰が決めるのか？

正と不正とを
もっともらしい美文調《びぶん》で
みんなその誰かを探している
自分以外の誰かを――

生長

わけの分らぬ線をひいて
これがりんごと子供は云《い》う
りんごそっくりのりんごを画《か》いて
これがりんごと絵かきは云う
りんごに見えぬりんごを画いて

これこそりんごと芸術家は云う

りんごもなんにも画かないで
りんごがゆを芸術院会員はもぐもぐ食べる

りんごりんごあかいりんご
りんごしぶいかすっぱいか

『日本語のおけいこ』より

何故だかしらない

さびしいな
なぜだかしらない
さびしいな
だあれもいない校庭の
遠くで海が鳴っている
さびしいな
なぜだかしらない
さびしいな
まっかな夕陽《ゆうひ》が沈むとき
どこかでだれかがよんでいる

――一九六五年　理論社

さびしいな
なぜだかしらない
さびしいな
空にはきらきら天《あま》の河《がわ》
あのむこうにはだれもいない

さびしいな
なぜだかしらない
さびしいな
うなされてないた夢の中
きれいなひとも泣いていた

いつも誰かが

いつもだれかが　おこってる
わたしがしくしくなくときにも
せかいのどこかのへやのすみで
いつもだれかが　おこってる

いつもだれかが　ないている
わたしがげらげらわらうときにも
せかいのどこかのみちばたで
いつもだれかが　ないている

いつもだれかが　わらってる
わたしがぷんぷんおこるときにも
せかいのどこかの空のしたで

いつもだれかが　わらってる

こもりうた

おやすみ三つの子
おやつののこりはゆめのなかで
もりのおおかみのあかちゃんにあげましょう
ねんねんねむのきおがわのほとり

おやすみ四つの子
こわれたふねはいまごろそらで
らっぱのいびきをかきながらねむってる
ねんねんねむのきねまどいするな

おやすみ五つの子

こいのぼりのこはよるになると
ねむりのすなをまちじゅうにまきちらす
ねんねんねむのきまぶたをとじて

おやすみ六つの子
すもうのつづきはあしたのあさ
となりのまりちゃんぎょうじでとりなおし
ねんねんねむのきさばくにきえた

二冊の本

歴史の本はおもいな
えらい人ばかり
みんなひげを　長くのばして
だまって　立っている

歌の本はかるいな
小鳥は空のうえ
黒人の　けんかの唄を
大声でうたっている

歴史の本はなつかしい
まき毛のおひめさま
ろうそくの光の下で
ワルツを　おどってる

歌の本はわすれた
だけど歌はみんな
西風のポケットの中
かあさんの　唇《くち》の上

窓の外はあかるいな
今はどこにいる
昔の昔のおひめさま
歌をうたって　おもいだそう

川

かあちゃん
かわはどうしてわらっているの
たいようがかわをくすぐるからよ

かあちゃん
かわはどうしてうたっているの
ひばりがかわのこえをほめたから

かあちゃん
かわはどうしてつめたいの
いつかゆきにあいされたおもいでに

かあちゃん
かわはいくつになったの
いつまでもわかいはるとおないどし

かあちゃん
かわはどうしてやすまないの
それはね　うみのかあさんが
かわのかえりをまっているのよ

『谷川俊太郎詩集　日本の詩人17』より　――一九六八年　河出書房

三月のうた

私は花を捨てて行く
ものみな芽吹く
三月に

私は道を捨てて行く
子等《ら》の馳《か》け出す
三月に

私は歌を捨てて行く
雲雀《ひばり》さえずる
三月に

私は愛だけを抱いて行く
苦しみと怖《おそ》れと
おまえ——

おまえの笑う
三月に

犬

私よりも不幸な
一匹の犬がいる
そこに
路地の奥に
黙って

うずくまって
目だけを大きく見開いて
誰もかれを呼ばない
誰もかれに気づかない

私が不幸なとき
私よりも不幸な
一匹の犬がいる
いつも
そこに
私のかたわらに
決してあわれみは乞わずに
ただ――
いる

石と光

石は光をはね返さない
石は光を吸いこまない
石の上に虻《あぶ》が一匹とまっている
光は彼の生毛《うぶげ》の上にもまぶしい

光はたった今地球に着いたばかりだ

風のマーチ

風が吹き風が吹き
風がわたしを自由にする
わたしを風が歩ませる

わたしを風が歩ませる

風が吹き
風がわたしを向かわせる
わたしを風に向かわせる
わたしを風に向かわせる

風が吹き風が吹き
風がわたしに歌わせる
風に向って歌わせる
風に向って歌わせる

風が吹き風が吹き
海はなみだち陽《ひ》はかくれ
旗はちぎれ鳥は落ち
旗はちぎれ鳥は落ち

風が吹き風が吹き
風がわたしを自由にする
わたしを風からときはなつ
わたしを風からときはなつ

風が吹き風が吹き
いつかわたしは忘れてる
わたしは風を忘れてる
わたしは風を忘れてる

『うつむく青年』より　　　　――一九七一年　山梨シルクセンター出版部

おべんとうの歌

魔法《ま》壜《ほうびん》のお茶が
ちっともさめていないことに
何度でも感激するのだ
白いごはんの中から
梅干が顔を出す瞬間に
いつもスリルを覚えるのだ
ゆで卵のからが
きれいにくるりとむけると
手柄でもたてた気になるのだ
(大切な薬みたいに
包んである塩)

キャラメルなどというものを
口に含むのを許されるのは
いい年をした大人にとって
こんな時だけ
奇蹟《きせき》の時
おべんとうの時
空が青いということに
突然馬鹿か天才のように
夢中になってしまうのだ
小鳥の声が聞えるといって
オペラの幕が開くみたいに
しーんとするのだ
そしてびっくりする
自分がどんな小さなものに
幸せを感じているかを知って
そして少し腹を立てる

あんまり簡単に
幸せになった自分に
――あそこでは
そうあの廃坑になった町では
おべんとうのある子は
おべんとうを食べていた
そして
おべんとうのない子は
風の強い校庭で
黙ってぶらんこにのっていた
その短い記事と写真を
何故《なぜ》こんなにはっきり
記憶しているのだろう
どうすることもできぬ
くやしさが
泉のように湧《わ》きあがる

どうやってわかちあうのか
幸せを
どうやってわかちあうのか
不幸を

手の中の一個のおむすびは
地球のように
重い

虹

町の上に虹がかかった
虹はちっとも重くなかった
俺は虹が好きだ

町の上に虹がかかった
虹のむこうは敵陣だった
俺は虹が好きだ

町の上に虹がかかった
虹にむかってバズーカ射《う》った
俺は虹が好きだ

町の上に虹がかかった
虹をだあれもこわせなかった
俺は虹が好きだ

町の上に虹がかかった
虹を蝶々《ちようちよう》が飛びこえてった
俺は虹が好きだ

町の上に虹がかかった
虹が今では信じられない
俺は虹が好きだ

『谷川俊太郎詩集　日本の詩集17』より

——一九七二年　角川書店

未来

青空にむかって僕は竹竿《たけざお》をたてた
それは未来のようだった
きまっている長さをこえて
どこまでもどこまでも
青空にとけこむようだった

青空の底には
無限の歴史が昇華している
僕もまたそれに加わろうと——
青空の底には

とこしえの勝利がある
僕もまたそれを目指して——

青空にむかって僕はまっすぐ竹竿をたてた
それは未来のようだった

1950.2.28

『ことばあそびうた』より　　――一九七三年　福音館書店

ののはな

はなののののはな
はなのななあに
なずなのはな
なもないのばな

やんま

やんまにがした
ぐんまのとんま
さんまをやいて

あんまとたべた
まんまとにげた
ぐんまのやんま
たんまもいわず
あさまのかなた

き

なんのきこのき
このきはひのき
りんきにせんき
きでやむあにき
なんのきそのき

そのきはみずき
たんきはそんき
あしたはてんき
なんのきあのき
あのきはたぬき
ばけそこなって
あおいきといき

かっぱ

かっぱかっぱらった
かっぱらっぱかっぱらった
とってちってた

かっぱなっぱかった
かっぱなっぱいっぱかった
かってきってくった

ばか

はかかった
ばかはかかった
たかかった

はかかんだ
ばかはかかんだ
かたかった

はがかけた

ばかはがかけた
がったがた
はかなんで
ばかはかなくなった
なんまいだ

いるか

いるかいるか
いないかいるか
いないいないいるか
いつならいるか
よるならいるか
またきてみるか

いるかいないか
いないかいるか
いるいるいるか
いっぱいいるか
ねているいるか
ゆめみているか

『誰もしらない』より

——一九七六年　国土社

夏は歌え

夏は太鼓　雷のおしりをたたけ
夏は踊り　夕立の足ははだしだ
夏は砂漠　かげろうは真昼のおばけ

夏は笑う　満腹の入道雲だ
夏は怒《いか》る　太陽の眼《め》をいからせて
夏は叫ぶ　稲妻の歯をむきだして

夏は真白《ましろ》　乙女らは妖精のよう
夏は黄色　ひまわりの汗の色だよ
夏は青い　大空のはてない深さ

夏は泳げ　海をけり風を追いこし
夏は走れ　背も腕も大地の色だ
夏は歌え　生きているよろこびの歌

おおきなけやきのき

はらっぱのまんなかに
たっているいっぽんのけやき
てっぺんまでのぼれば
にじのねもとがみえるかな

はらっぱのまんなかに
たっているいっぽんのけやき
かぜがふくとはなしする

かいぞくせんのはなしかな

はらっぱのまんなかに
たっているいっぽんのけやき
もしかするとねもとに
ひみつのたからがうまってる

はらっぱのまんなかに
たっているいっぽんのけやき
よるになるとまるで
かみさまみたいにこわいんだ

だれ

だれかがいるよ　どこかにね

それはパパとは　ちがうひと
いろんないろの　かおしてて
いろんないろの　うたうたう

だれかがいるよ　どこかにね
それはママとも　ちがうひと
わすれたことを　おぼえてて
しらないことを　しっている

だれかがいるよ　どこかにね
それはちょっぴりこわいひと
ほしからほしへ　とんでいき
なんどしんでも　いきかえる

にちようび

にちようびは　おやすみ
だけどおひさま　やすまない
きらきら　ふんすいてらしてる

にちようびは　おやすみ
だけどらくだは　やすまない
てくてくさばくを　あるいてく

にちようびは　おやすみ
だけどおなかは　やすまない
ペコペコやっぱり　へってくる

青空のすみっこ

青空のすみっこで
ひとひらの雲が湧《わ》いた
とどきそうで　とどかない
青空のすみっこに
ひとひらの雲が消えた

青空のすみっこを
一羽の小鳥が飛んだ
つかめそうで　つかめない
青空のすみっこに
一羽の小鳥が消えた

『ことばあそびうた　また』より　　——一九八一年　福音館書店

わたし

わたしはわたす
あなたをわたす
あなたへわたす
わたしもり

あなたはあなた
あだしのあたり
わたしはわたし
わたしもり

はかまいり

かささして
かかかささして
あさかささして
あかさかさして
かんざしさして
かかはかまいり
さかさかし
あさはかまいり

いのち

いちのいのちはちりまする

にいのいちはにげまする
さんのいのちはさんざんで
よんのいのちはよっぱらい
ごうのいのちはごうよくで
ろくのいのちはろくでなし
しちのいのちはしちにいれ
はちのいのちははったりさ
くうのいのちはくうのくう
とうのいのちはとうにしに
じゅういちいのちのいちがたつ

『わらべうた』より

けんかならこい

けんかならこい　はだかでこい
はだかでくるのが　こわいなら
てんぷらなべを　かぶってこい
ちんぽこじゃまなら　にぎってこい

けんかならこい　ひとりでこい
ひとりでくるのが　こわいなら
よめさんさんにん　つれてこい
のどがかわけば　さけのんでこい

けんかならこい　はしってこい

——一九八一年　集英社

はしってくるのが　こわいなら
おんぼろけっと　のってこい
きょうがだめなら　おとといこい

わるくちうた

とうさんだなんて　いばるなよ
ふろにはいれば　はだかじゃないか
ちんちんぶらぶら　してるじゃないか
ひゃくねんたったら　なにしてる？

かあさんだなんて　いばるなよ
こわいゆめみて　ないたじゃないか
こっそりうらない　たのむじゃないか
ひゃくねんまえには　どこにいた？

ふとんのうみに

ふとんのうみに　もぐったら
よるのさかなが　はねている
ねんねんころり　ねんころり

ふとんのうみの　なみのそこ
ゆめのてれびが　ひかってる
ねんねんころり　ねんころり

わかんない

わかんなくても

みかんがあるさ
ひとつおたべよ
めがさめる

わかんなくても
やかんがあるさ
ばんちゃいっぱい
ひとやすみ

わかんなくても
じかんがあるさ
いそがばまわれ
またあした

つまらない

つまらないのは
あきやのながし
つまってこまるは
はなのあな

つまらないのは
やぶけたふくろ
つまってこまるは
まんいんでんしゃ

つまらないのは
りこうなりくつ
つまってこまるは

へたなうそ

すりむきうた

あかいはな　さいた
ひざっこぞうに　さいた
なみだあめ　ふってきた
かあちゃんは　るすだ

しろいはな　さいた
ひざっこぞうに　さいた
あめあめ　あがれ
さっちゃんが　みてる

『わらべうた　続』より

そっとうた

そうっと　そっと
うさぎの　せなかに
ゆきふるように

そうっと　そっと
たんぽぽ　わたげが
そらとぶように

そうっと　そっと
こだまが　たにまに
きえさるように

――一九八二年　集英社

そうっと　そっと
ひみつを　みみに
ささやくように

だれもしらない

だれもしらない　おかのうえ
だれもしらない　いえがたってた
だれもしらない　いえのなか
だれもしらない　おとこがひとり
だれもしらない　そのおとこ
だれもしらない　ないふをにぎり
だれもしらない　ひるさがり

だれもしらない　じぶんをぐさり
だれもしらない　はかのなか
だれもしらない　おとこはねむる
だれもしらない　はながさき
だれもしらない　はなしはおわり

さよならうた

じゃあね　またね　はなめがね
やねのきつねは　ひるねかね
ぶつけていたい　むこうずね
じゃあね　あのね　まるきぶね

ほしい

ほしいかほしいか　ほしけりゃやるぞ
くしゃみみっつに　あくびをよっつ
もってかえって　とだなにしまえ
ほしいかほしいか　ほしけりゃやるぞ
あおぞらいちまい　おひさまいっこ
きんこにいれたら　かぎかけろ

『みみをすます』より

みみをすます

みみをすます
きのうの
あまだれに
みみをすます

みみをすます
いつから
つづいてきたともしれぬ
ひとびとの
あしおとに
みみをすます

——一九八二年　福音館書店

めをつむり
みみをすます
ハイヒールのこつこつ
ながぐつのどたどた
ぽっくりのぽくぽく
みみをすます
ほうばのからんころん
あみあげのざっくざっく
ぞうりのぺたぺた
みみをすます
わらぐつのさくさく
きぐつのことこと
モカシンのすたすた
わらじのてくてく
そうして
はだしのひたひた……

にまじる
へびのするする
このはのかさこそ
きえかかる
ひのくすぶり
くらやみのおくの
みみなり

みみをすます
しんでゆくきょうりゅうの
うめきに
みみをすます
かみなりにうたれ
もえあがるきの
さけびに
なりやまぬ

しおざいに
おともなく
ふりつもる
プランクトンに
みみをすます
なにがだれを
よんでいるのか
じぶんの
うぶごえに
みみをすます

そのよるの
みずおとと
とびらのきしみ
ささやきと
わらいに

みみをすます
こだまする
おかあさんの
こもりうたに
おとうさんの
しんぞうのおとに
みみをすます

おじいさんの
とおいせき
おばあさんの
はたのひびき
たけやぶをわたるかぜと
そのかぜにのる
ああめんと
なんまいだ

しょうがっこうの
あしぶみおるがん
うみをわたってきた
みしらぬくにの
ふるいうたに
みみをすます

くさをかるおと
てつをうつおと
きをけずるおと
ふえをふくおと
にくのにえるおと
さけをつぐおと
とをたたくおと
ひとりごと

うったえるこえ
おしえるこえ
めいれいするこえ
こばむこえ
あざけるこえ
ねこなでごえ
ときのこえ
そして
おし
……

みみをすます

うまのいなきと
ゆみのつるおと
やりがよろいを

つらぬくおと
みみもとにうなる
たまおと
ひきずられるくさり
ふりおろされるむち
ののしりと
のろい
くびつりだい
きのこぐも
つきることのない
あらそいの
かんだかい
ものおとにまじる
たかいびきと
やがて
すずめのさえずり

かわらぬあさの
しずけさに
みみをすます

（ひとつのおとに
ひとつのこえに
みみをすますことが
もうひとつのおとに
もうひとつのこえに
みみをふさぐことに
ならないように）

みみをすます
じゅうねんまえの
むすめの
すすりなきに

みみをすます
みみをすます
ひゃくねんまえの
しゃっくりに
みみをすます
みみをすます
せんねんまえの
いざりの
いのりに
みみをすます
みみをすます
いちまんねんまえの

あかんぼの
あくびに
みみをすます

みみをすます
じゅうまんねんまえの
こじかのなきごえに
ひゃくまんねんまえの
しだのそよぎに
せんまんねんまえの
なだれに
いちおくねんまえの
ほしのささやきに
いっちょうねんまえの
うちゅうのとどろきに
みみをすます

みみをすます
みちばたの
いしころに
みみをすます
かすかにうなる
コンピューターに
みみをすます
くちごもる
となりのひとに
みみをすます
どこかでギターのつまびき
どこかでさらがわれる
どこかであいうえお
ざわめきのそこの
いまに

みみをすます

みみをすます
きょうへとながれこむ
あしたの
まだきこえない
おがわのせせらぎに
みみをすます

『どきん』より

──一九八三年　理論社

うんこ

ごきぶりの　うんこは　ちいさい
ぞうの　うんこは　おおきい
うんこというものは
いろいろな　かたちをしている
いしのような　うんこ
わらのような　うんこ
うんこというものは
いろいろな　いろをしている

うんこというものは
くさや　きを　そだてる

うんこというものを
たべるむしも　いる

どんなうつくしいひとの
うんこも　くさい

どんなえらいひとも
うんこを　する

うんこよ　きょうも
げんきに　でてこい

少女

六月の少女は耳をすましている
雨だれのひとつひとつに
死んだ母さんの子守唄を聞こうとして

六月の少女は目をみはっている
夜の飾窓《かざりまど》のガラスのむこうに
自分によく似た友だちを待っている

六月の少女は息をころしている
ほんの小さな身動きひとつが
夢をこわしてしまうと知っているので

六月の少女は……私の見知らぬ妹

ふゆの　ゆうぐれ

そらが　くもの
すぇたーを　きてる
いけは　こおりの
めがねを　かける
おかあさん
はやく　かえってきて
ぽぽーい　ぽい
やまも　ゆきの

けがわを　きるよ

おかあさん

ぼくみえる
ひとしずくのみずのきらめき
ぼくきこえる
ひとしずくのみずのしたたり
ぼくさわれる
ひとしずくのみずのつめたさ

おかあさん
ぼくよべる
おかあさーんって

おかあさん
どこへいってしまったの？
ぼくをのこして

卒業式

ひろげたままじゃ持ちにくいから
きみはそれをまるめてしまう
まるめただけじゃつまらないから
きみはそれをのぞいてみる
小さな丸い穴のむこう
笑っているいじめっ子
知らんかおの女の子
光っている先生のはげあたま
まわっている春の太陽

そしてそれらのもっとむこう
きみは見る
星雲のようにこんとんとして
しかもまぶしいもの
教科書には決してのっていず
蛍《ほたる》の光で照らしても
窓の雪ですかしてみても
正体をあらわさない
そのくせきみをどこまでも
いざなうもの
卒業証書の望遠鏡でのぞく
きみの未来

ぼくは言う

大げさなことは言いたくない
ぼくはただ水はすき透《とお》っていて冷《つめた》いと言う
のどがかわいた時に水を飲むことは
人間のいちばんの幸せのひとつだ

確信をもって言えることは多くない
ぼくはただ空気はおいしくていい匂いだと言う
生きていて息をするだけで
人間はほほえみたくなるものだ

あたり前なことは何度でも言っていい
ぼくはただ鯨《くじら》は大きくてすばらしいと言う
鯨の歌うのを聞いたことがあるかい
何故《なぜ》か人間であることが恥ずかしくなる

そして人間についてはどう言えばいいのか
朝の道を子どもたちが駈《か》けてゆく
ぼくはただ黙っている
ほとんどひとつの傷のように
その姿を心に刻みつけるために

春に

この気もちはなんだろう
目に見えないエネルギーの流れが
大地からあしのうらを伝わって
ぼくの腹へ胸へそうしてのどへ
声にならないさけびとなってこみあげる
この気もちはなんだろう

枝の先のふくらんだ新芽が心をつつく
よろこびだ　しかしかなしみでもある
いらだちだ　しかもやすらぎがある
あこがれだ　そしていかりがかくれている
心のダムにせきとめられ
よどみ渦まきせめぎあい
いまあふれようとする
この気もちはなんだろう
あの空のあの青に手をひたしたい
まだ会ったことのないすべての人と
会ってみたい話してみたい
あしたとあさってが一度にくるといい
ぼくはもどかしい
地平線のかなたへと歩きつづけたい
そのくせこの草の上でじっとしていたい
大声でだれかを呼びたい

そのくせひとりで黙っていたい
この気もちはなんだろう

どきん

さわってみようかなあ　つるつる
おしてみようかなあ　ゆらゆら
もすこしおそうかなあ　ぐらぐら
もいちどおそうかああ　がらがら
たおれちゃったよなあ　えへへ
いんりょくかんじるねえ　みしみし
ちきゅうはまわってるう　ぐいぐい
かぜもふいてるよお　そよそよ
あるきはじめるかあ　ひたひた
だれかがふりむいた！　どきん

『スーパーマンその他大勢』より　　　　——一九八三年　グラフィック社

駅員

子どものころから駅員に憧れていたのに
数学者になってしまった人がいるのです
しかたがないから駅から一分の家に住んで
駅員の制服と帽子をあつらえて
毎日三十分だけ駅員にしてもらうのです
切符を切るのは本物の駅員より上手なくらい
ときどき近所の高校生がついでに
数学の宿題を教えてもらおうとしますが
数学者は駅員になりきっているので
〈ご乗車はお早く!〉と言うだけです

先生

自分の知っていることは何もかも教えたい
先生は毎朝はりきって学校へやってきます
でもひとつだけ心配なことがあるのです
それは入歯《いれば》がはずれやしないかということ
もしはずれたら生徒みんなに馬鹿にされる
そして何を教えても信用されなくなる
そう考えると先生は無口になってしまいます
だから先生は怒《おこ》ったような顔で
黒板に文字や数字を書きつづけます
かわいそうなかわいそうな先生!

『よしなしうた』より

うみの　きりん

とおざかる　とおざかる
すいへいせんへと
およぐ　きりんが
とおざかる
なみのうえの　ほそいくび
ちょこんと　つきでた
にほんの　つの

おなかには
ふるさとの　きのめ
くさのは

――一九八五年　青土社

ゆっくりと　はんすうし
はんすうし
とおざかる　とおざかる
うみの　きりんよ

たんぽぽのはなの　さくたびに
こどもは　しろいとびらをあける
とても　おそろしいことを
こころのなかで　かんがえるが
そのことは　だれにもいわない
こどもは　おちていたまりをひろう
うでのうぶげに　きりのしずくが
にぶく　ひかっている

いちどだけ　たったいちどだけ
それでいいんだと　こどもはおもう
だが　いちどだけですむものか
たんぽぽのはなの　さくたびに
こどもは　かわべりでゆめみる
ほんとうに　そのことをしたあとの
とりかえしのつかぬ　かなしみを

はがき

はがきはそのひ　いらいらしていた
じまんの　まっしろなからだに
いわゆるかなくぎりゅうの　もじを
びっしりと　かきこまれたからだ
おまけに　そのぶんめんには

かんたんふが　ななつもでてきた
じぶんでじぶんを　やぶりたくなる！

だが　はがきのいらいらなんて
なんとも　のんびりしたものである
ポストへのみちみち　はがきはみた
おんなのこが　とがったおしりをまるだしに
さくらのこかげで　おしっこしてるのを
うすぐらいポストのそこで　はがきは
いらいらしながら〈うひょひょ〉といった

てんき

てんきのいいのは　ふゆかいである
そらがぬけるように　あおく

そよかぜが　ふくともなくふいているのは
ひとを　ばかにしているとしかおもえない
だが　そのおなじてんきが
ゆかいでたまらないときも　あるのである
そうおもうと　よけいふゆかいである

だからといって　てんきというものを
きぶんによって　かえようとかんがえるのは
もっともっと　ふゆかいである
どんなてんきでも
それは　りそうのてんきで
てんきを　ふゆかいにおもえるのは
ひとの　いろいろなたのしみのひとつである

ふしぎ

ぼくはふしぎが　だいすきなんだ
と　そいつはいった
ふんふんと　ぼくはこたえた
ぼくはふしぎが　だいっきらいさ
と　そいつはいった
へいへいと　ぼくはこたえた
むじゅんしてるかなと　そいつはいった
じんせいって　そんなもんさ
と　ぼくはこたえた
いまいったこと　みんなうそ
と　そいつはいった
てつがくかい？　と　ぼくはたずねた

ばかにすんなよ　あとがこわいぜ
と　そいつはすごんだ

ゆめのよる

たろうは　ゆめのよるに
ゆめのふとんを　かぶって
ゆめのねしょんべんを　しながら
ゆめのゆめを　みてるまに
ゆめのパジャマを　きたまま
ゆめのしんくうそうじきに
すいこまれてしまった

というゆめを　みながら
かんけいないよ　と

じろうは　おもった
さぶろうはと　いえば
まだおきていて　テレビをみている
そしてじろうは　しきゅうのなかで
うまれようかどうしようか　まよっている

ゆうぐれ

ゆうがた　うちへかえると
とぐちで　おやじがしんでいた
めずらしいこともあるものだ　とおもって
おやじをまたいで　なかへはいると
だいどころで　おふくろがしんでいた
ガスレンジのひが　つけっぱなしだったから
ひをけして　シチューのあじみをした

このちょうしでは
あにきもしんでいるに　ちがいない
あんのじょう　ふろばであにきはしんでいた
となりのこどもが　うそなきをしている
そばやのバイクの　ブレーキがきしむ
いつもとかわらぬ　ゆうぐれである
あしたが　なんのやくにもたたぬような

かぼちゃ

きのうから　わたしはかぼちゃになったので
もうなにも　かんがえることはない
なにも　かんがえなくても
わたしは　すこしずつおおきくなる

しかも　すこしずつおいしくなるつもりだ
はたけに　ごろんところがっていると
こぬかあめが　　きもちよい

きょねんは　キエフまでたびしたわたしだが
いまは　みうごきひとつできない
おととしは　おんなにこどもをうませたが
いまは　おんなにくわれるだけ
うんめいは　おもいがけぬことをしてくれる
やおやのみせさきへ　いくのも
かぼちゃにとっては　だいぼうけんである

『いちねんせい』より

なまえ

がっこうの　にわ
こうていって　いうんだって
はしからはしまで　はしってみた
いきが　はあはあした

てつぼうに　さわってみた
ひやっと　つめたかった
がっこうに　おかあさんはいない
おとうさんも　いない

のーとのうしろに　なまえをかいた

――一九八八年　小学館

あらきとしお
うん　ぼくはあらきとしおだ
もう　としぼうじゃない

ぼく

そくたつかきとめで　ぼくはきた
みらいの　いつかから
ぼくのめは　だいやもんど
ぼくのくちは　ばらのはなびら

あおぞらのとびらを　あけ
ほしのかけらを　しゃぶる
おとなのなくとき　ぼくはわらい
おんなのこに　じぶんをまるごとあげる

てのひらで　たいへいようをすくい
くじらに　さんすうをおしえてもらう
だれにも　とめられない
ゆめのなかで　ぼくがまいごになるのを

あいしてる

あいしてるって　どういうかんじ？
ならんですわって　うっとりみつめ
あくびもくしゃみも　すてきにみえて
ぺろっとなめたく　なっちゃうかんじ

あいしてるって　どういうかんじ？
みせびらかして　やりたいけれど

だれにもさわって　ほしくなくって
どこかへしまって　おきたいかんじ
あいしてるって　どういうかんじ?
いちばんだいじな　ぷらもをあげて
つぎにだいじな　きってもあげて
おまけにまんがも　つけたいかんじ

わるくち

ぼく　なんだいと　いったら
あいつ　なにがなんだいと　いった
ぼく　このやろと　いったら
あいつ　ばかやろと　いった

ぼく　ぼけなすと　いったら
あいつ　おたんちんと　いった
ぼく　どでどでと　いったら
あいつ　ごびごびと　いった

ぼく　がちゃらめちゃらと　いったら
あいつ　ちょんびにゅるにゅると　いった
ぼく　ござまりでべれけぶんと　いったら
あいつ　それから？　といった

そのつぎ　なんといえばいいか
ぼく　わからなくなりました
しかたないから　へーんと　いったら
あいつ　ふーんと　いった

あな

はまべにあいた　あなひとつ
のぞいてみたら　かにがいた
みちでみつけた　あなひとつ
のぞいてみたら　ひとがいた
へいにあいてる　あなひとつ
のぞいてみたら　おこられた
からだにあった　あなひとつ
のぞいてみたら　うんこさん
そらにぽっかり　あなひとつ

のぞいてみたら　まっくらだ

そら

かぜにのって　とんでいるのは
あれは　かざはな
ほうきにのって　とんでいるのは
まいごの　まほうつかい

おともなく　とんでいるのは
えいせいの　かけら
あてどなく　とんでいるのは
てからはなれた　ふうせん

いそがしく　とんでいるのは

みえない　でんぱ
おっこちそうに　とんでいるのは
ゆめのなかの　きみ

にじ

わたしは　めをつむる
なのに　あめのおとがする
わたしは　みみをふさぐ
なのに　ばらがにおう

わたしは　いきをとめる
なのに　ときはすぎてゆく
わたしは　じっとうごかない
なのに　ちきゅうはまわってる

わたしが　いなくなっても
もうひとりのこが　あそんでる
わたしが　いなくなっても
きっと　そらににじがたつ

ぱん

ふんわり　ふくらんでいます
そとはちゃいろ　なかはしろ
いいにおいです
わたしは　ぱんです

むかし　わたしは　こむぎでした
おひさまが　かがやいていました

あおぞらが　ひろがっていました
そよかぜが　ふいていました

ばたーを　ぬってください
はちみつを　つけてください
わたしを　のこさず　たべてください
わたしは　ぱんです

『はだか』より

さようなら

ぼくもういかなきゃなんない
すぐいかなきゃなんない
どこへいくのかわからないけど
さくらなみきのしたをとおって
おおどおりをしんごうでわたって
いつもながめてるやまをめじるしに
ひとりでいかなきゃなんない
どうしてなのかしらないけど
おかあさんごめんなさい
おとうさんにやさしくしてあげて
ぼくすききらいいわずになんでもたべる

――一九八八年　筑摩書房

ほんもいまよりたくさんよむとおもう
よるになったらほしをみる
ひるはいろんなひととはなしをする
そしてきっといちばんすきなものをみつける
みつけたらたいせつにしてしぬまでいきる
だからとおくにいてもさびしくないよ
ぼくもういかなきゃなんない

うそ

ぼくはきっとうそをつくだろう
おかあさんはうそをつくなというけど
おかあさんもうそをついたことがあって
うそはくるしいとしっているから
そういうんだとおもう

いっていることはうそでも
うそをつくきもちはほんとうなんだ
うそでしかいえないほんとのことがある
いぬだってもしくちがきけたら
うそをつくんじゃないかしら
うそをついてもうそがばれても
ぼくはあやまらない
あやまってすむようなうそはつかない
だれもしらなくてもじぶんはしっているから
ぼくはうそといっしょにいきていく
どうしてもうそがつけなくなるまで
いつもほんとにあこがれながら
ぼくはなんどもなんどもうそをつくだろう

きもち

どこからぼわっときもちがわいてきた
すきとおっていたむねのなかを
だれかがぬりつぶしたみたい
みんながこうていをはしりまわっているのに
ぼくのこころはじっとしている
きもちのあとからことばがついてきた
ことばはなにかいった
ぼくはちがうちがうとおもった
そのときこうちゃんが
どしんとぼくのせなかにぶつかった
きもちのいろがぱっとかわった
こころがぼくよりさきに
こうちゃんをはしっておいかけた

ことばはおいてけぼりだ
もうことばはきもちにおいつけない
ぼくはこうちゃんにたいあたりした
ふたりともじめんにころがった
あぶらかだぶらあ！

ひみつ

だれかがなにかをかくしている
だれかはわからないけれど
なにかもわからないけれど
それがわかればきっとなにもかもわかる
ぼくはいきをとめてみみをすました
あめがじめんにあたってぴちぴちいってる
あめはきっとなにかをかくしている

それをしらせようとしてふってくるのに
ぼくにはあめのあんごうがとけない
あしおとをたてないように
そうっとあるいてだいどころをのぞくと
おかあさんのうしろすがたがみえた
おかあさんもなにかをかくしている
でもしらんかおしてだいこんをおろしている
こんなにひみつをしりたがっているのに
だれもぼくになんにもおしえてくれない
ぼくのこころにはあながあいていて
のぞいてもくもったよぞらしかみえない

がっこう

がっこうがもえている

きょうしつのまどから
どすぐろいけむりがふきだしている
つくえがもえている
こくばんがもえている
ぼくのかいたえがもえている
おんがくしつでぴあのがばくはつした
たいいくかんのゆかがはねあがった
こうていのてつぼうがくにゃりとまがった
がっこうがもえている
せんせいはだれもいない
せいとはみんなゆめをみている
おれんじいろのほのおのしたが
うれしそうにがっこうじゅうをなめまわす
がっこうはおおごえでさけびながら
からだをよじりゆっくりとたおれていく
ひのこがそらにまいあがる

くやしいか　がっこうよ　くやしいか

はな

はなびらはさわるとひんやりしめっている
いろがなかからしみだしてくるみたい
はなをのぞきこむとふかいたにのようだ
そのまんなかからけがはえている
うすきみわるいことをしゃべりだしそう
はなをみているとどうしていいかわからない
はなびらをくちにいれてかむと
かすかにすっぱくてあたまがからっぽになる
せんせいははなのなまえをおぼえろという
だけどわたしはおぼえたくない
のはらのまんなかにわたしはたっていて

たってるほかなにもしたくない
はだしのあしのうらがちくちくする
おでこのところまでおひさまがきている
くうきのおとといにおいとあじがする
にんげんはなにかをしなくてはいけないのか
はなはただ咲いているだけなのに
それだけでいきているのに

『十八歳』より　　　　　　　　　　——一九九三年　東京書籍

よる

霧と街灯
そして私の感傷だった
ピアノと少ない星
そして私は思っていた
冬のよる
この幸福は何だろう？

1950. 2. 5

十八歳

ある夜
僕はまったくひとりだった

想《おも》い出をわすれ
本棚と雲に飽き
おさないいかりとかなしみと
僕はにがく味わった

雨のふる夜
僕はほんとにひとりだった

1950. 2. 9

犬に

人のより
おまえの瞳を僕は好きだ
ほんとにきれいな無邪気さが
僕の気持を甘えさせる

無限の純粋が
僕にとっては神に等しい

(犬の瞳に音楽のあふれ
泉の如《ごと》く音楽のあふれ)

人のより

犬の瞳を僕は好きだ
かなしみの時に
犬よ
おまえの瞳に
僕は哭《な》きたい

1950. 2. 24

鏡の中

鏡の中で
時々自分が他人になる
僕である他人
僕である君よ
遊離した反省は

罪悪です

こんな時いつでも
僕は運命を想う

僕である他人
僕である君よ
こうのとりに感謝しましょう
鏡の中には
魔女がいる
そして
神様もいる

1950. 3. 22

海

そこで地球は終わっていた
上下の青い無限……

僕はぎらりと再武装した
更にきびしい生を感じて

1950. 4. 23

夢

夜
古い記憶が
僕の夢を織った

それで夢は深い所へおちて行った

ながい間
雨は降り続き
小さな蹉跌《さてつ》にも
僕はやさしい言葉をもとめている

1950. 4. 25

『子どもの肖像』より

――一九九三年　紀伊國屋書店

しあわせ

わたしはたっています
おひさまがおでこに
くちづけしてくれます
かぜがくびすじを
くすぐってくれます
だれかじっと
みつめてくれます
わたしはたっています
きのうがももを
つねってくれます
あしたがわたしを

さらっていこうとします
わたしはしあわせです

いなくなる

わたしたちは
いつか
いなくなる
のはらでつんだはなを
うしろでにかくし
おとうさんにはきこえない
ふえのねにさそわれて
わたしたちは
いつのまにか
いなくなる

そらからもらった
ほほえみにかがやき
おかあさんにはみえない
ほしにみちびかれて

わらう

ずっとむかしのいまごろ
わたしはまだいなくて
あざみのはかげの
ひかりのつぶつぶだった
だけどみてたの
おかあさんのなみだを
わたしはしっていた
わたしもいつか

おかあさんのようになくだろうって
いくつことばをおぼえても
かなしみはなくならない
だからいまここにわたしはいて
おかあさんにわらいかけるの

なくぞ

なくぞ
ぼくなくぞ
いまはわらってたって
いやなことがあったらすぐなくぞ
ぼくがなけば
かみなりなんかきこえなくなる
ぼくがなけば

にほんなんかなみだでしずむ
ぼくがなけば
かみさまだってなきだしちゃう
なくぞ
いますぐなくぞ
ないてうちゅうをぶっとばす

すきとおる

すきとおっていたい
いろんないろに
むかしむかしのがらすのように
わたしにすかすと
ゆきはほのかにあかくそまる
わたしにすかすと

ひとはすこしあおざめる
でもかぜはわたしにぶつかって
まだあったことのないこいびとのほうへ
わたしのにおいをはこんでゆく
そしてよるがきたら
おほしさまにすけていたい
ゆめのなかにとけてゆきたい

おおきくなる

おおきくなってゆくのは
いいことですか
おおきくなってゆくのは
うれしいことですか

いつかはなはちり
きはかれる
そらだけがいつまでも
ひろがっている

おおきくなるのは
こころがちぢんでゆくことですか
おおきくなるのは
みちがせまくなることですか

いつかまたはなはさき
たまごはかえる
あさだけがいつまでも
まちどおしい

かお

これはかみさまがつくったおめん
これをかぶるとこどもになれる
ないたってかわいいし
おこったってかわいいし
とんぼのはねむしったって
ゆるしてもらえる
でもおとながいなくなると
ぼくらはときどき
おめんをはずして
よるののはらへでかけてゆく
うまれずにしんだ
おねえちゃんをおこして
うしろのしょうめんだあれ

ぼく

ぼくはこどもじゃない
ぼくはぼくだ
ぼくはおとなじゃない
ぼくはぼくだ
ぼくはきみじゃない
ぼくはぼくだ
だれがきめたのかしらないが
ぼくはうまれたときからぼくだ
だからこれからも
ぼくはぼくをやっていく
ぼくはぜったいにぼくだから
なんにでもなれる

エイリアンにだってなれる

『ふじさんとおひさま』より

ふじさんと　おひさま

ふじさんは　おおきい
おおきいから　しずかだ
ふじさんを　みると
こころも　しずかに　なる

おひさまは　あかるい
あかるいから　あたらしい
おひさまが　のぼると
こころも　あたらしく　なる

――一九九四年　童話屋

なわとび

ぼく　かるいんだよ
とべるんだ
ぼく　おもいんだよ
おちてくる

ぼく　ばねみたい
はねるんだ
でも　のみじゃない
にんげんさ

およぐ

みずがいやだって　ぼくないた
そしたら　めから　なみだがでてきた
へんだな　ぼくのなかにも
みずがある

みずがこわいって　ぼくないた
そしたら　のどが　かわいてきて——
へんだな　みずが
のみたくなっちゃった

あめ

あめがふると

つちの　においがする
あめがふると
あしのうらが　くすぐったい

あめがふると
まちが　しずかになる
あめがふると
むかしのことを　かんがえる

かみなり

そらはね
いつもは　がまんしてるけど
ときどき　すごく　おこるんだ
なきながら　おこるんだ

あれはね
こどもを　しかってるんじゃない
おとなを　しかっているんだよ
こいつめ　こいつめって

ひこうき

ひこうきの　つばさ
ナイフみたいだ
ごめんね　そら
いたいだろ

でも　がまんして
おとさないで

あかちゃんも
のっているから

うみ

おじさんは　あるあさ
うみへでていったきり
かえってきませんでした
うたのうまかった　おじさん

たけとんぼを　つくってくれました
おまつりに　つれてってくれました
ゴムながに　うろこがついてました
うみはなぜ　しらんかおしてるの

かめ

かめは
すなの　うえ
ひとりぼっちで
かくれんぼ　してる

かめは
うみの　そこ
うらしまたろうを
まっている

おに

こどものころは
つのなんか　はえてなかった
ふさふさの　まきげだった
おにごっこして　あそんでた

ひとに　いじめられて
だんだん　つのが　はえてきた
だんだん　つめが　のびてきた
なくことも　わすれてしまった

ゆめ

ゆめは　ぼくの
こころの　てれび
ねむってるのに
なんでも　みえる

こわくったって
にげられないが
けしたくなくても
めが　さめる

つき

つきに　いかないか

ぼくと　いっしょに
つきに　いかないか
おだんご　もって

つきに　いかないか
はらが　たつとき
つきに　いかないか
ちきゅうを　ながめに

『みんな　やわらかい』より

――一九九九年　大日本図書

あい

あい　口で言うのはかんたんだ
愛　文字で書くのもむずかしくない
あい　気持ちはだれでも知っている
愛　悲しいくらい好きになること
あい　いつでもそばにいたいこと
愛　いつまでも生きていてほしいと願うこと
あい　それは愛ということばじゃない
愛　それは気持ちだけでもない

あい　はるかな過去を忘れないこと
愛　見えない未来を信じること
あい　くりかえしくりかえし考えること
愛　いのちをかけて生きること

こっぷ

こっぷはひとりで　あるいていかない
だれかがながしへ　はこばなければ
あしたになっても　てーぶるのうえ
三ねんたっても　そこにいる
十ねんたっても　もとのまま

もしもせんそうが　おこらなければ
百ねんたっても　こっぷはたってる
どうぞうみたいに　いばりくさって
ほこりまみれの　くものすだらけで
からっぽなのも　わすれてしまって

かがみ

わたしはわたしをみてる
わたしがわたしをみてる
かがみのなか

わたしってだれ？
わたしってなに？
おかあさんのおかあさんのそのまたおかあさんの

おかあさんのおかあさん……
こっちをみてる　かがみのなかから

そらがあおい
とけいのはりが　ぴくんとすすむ
わたしはわたしをみてる
わたしがわたしをみてる
かがみのなか……
とてもあかるい

さようなら

さようなら

きょうたべたさんどいっち
さようなら
きょうあるいたみち
ひがくれてゆく

さようなら
まだおこってるおかあさん
さようなら
もうききおえたうた
もうすぐよるがくる

さようなら
きょうみあげたひこうきぐも
さようなら
きょうころんだわたし
またあえるかしら

クリスマス

あなたのふらせたまぶしいゆきを
どろんこぐつでふんづけちゃった
ねえかみさま
わたしをきらいにならないで

あなたのつくったまたたくほしを
テレビ・ゲームでばくはつさせた
ねえかみさま
わたしをきらいにならないで

おいのりしたってへんじをしない
うちゅうのはてでひるねしている

ねえかみさま
わたしをきらいにならないで

あなたがどんなにえらくったって
せんそうひとつなくしてくれない
ねえかみさま
わたしのいうこときいてるの

みんながわたしをいじめるときは
あなたのことをかんがえてるの
ねえかみさま
わたしをきらいにならないで

うまごやのなかはつめたくくらく
ここはあかるくあせばむくらい
ねえかみさま

わたしをきらいにならないで

きもちのふかみに――*a song*

おとなのはなしをきくのがすきだ
じぶんのぐちにひとのわるくち
だれとだれとがくっついたとか
ぼうえきくろじがどうとかこうとか
なにがだいじかよくわからないけど
はなせばらくになるみたいだね

ぼくのはなしもきいてほしいな
おとなみたいにはなせないけど
やなことばかりがいっぱいなんだ
あそぶものにはこまってないけど

きょういきるだけであしたがないよ
どうしてなのかおしえてほしい

きもちのふかみにおりていきたい
そこにはにじもほしもないから
かえってこえはよくきこえるんだ
まっくらのなかでじっとしてると
おとなもこどももきっとおんなじ
こわいこともたのしいことも

いつしんだってかまわないんだ
だけどできたらいきていきたい
かみさまなんていないんだから
ともだちだけはほしいとおもう
はなしをきいてくれるともだち
てをにぎっててくれるともだち

きもちのふかみにおりていこうよ
せんせいとおやとぼくときみと
めにはなんにもみえないとしても
きっとなにかがきこえてくるよ
ほんにはけっしてかいてないこと
うたがはじまるまえのしずけさ

『シャガールと木の葉』より

子どもは笑う

子どもが笑っている
ひとりで笑っている
ひとりでに笑っている
誰もいない野原で

丘のほうから吹いてくる風
さっき岩の上で見た虹色のトカゲ
泥まみれの友だちの泣き声の谺《こだま》
祭りの太鼓の思い出
頭の真上のまぶしい太陽

――二〇〇五年　集英社

見たもの聞いたもの
嗅いだもの触ったもの
それらすべてにくすぐられて
子どもが笑っている

今いのちが生れているのだ
子どもの中に

＊

子どもには百千もの笑うわけがある
それが大人にはただひとつにしか見えない
子どもが笑っているだけで大人は安心してしまう

だが子どももまた
苦しみを笑うすべを知っている
垢《あか》だらけの無垢《むく》をあらわに

子どもはもう
大人を嘲《あざけ》るすべを知っている
あどけない笑顔を武器に

百千もの笑顔を
大人は見分けているだろうか

＊

どこで覚えたのか
いつ覚えたのか
笑うことを
大声で泣きながら
この世に生れたあとで

この世と戦うためにほほえむ子ども

この世と和解するためにほほえむ子ども
どんな貧しさも
どんな富も子どものほほえみを奪うことは出来ない

『すこやかに　おだやかに　しなやかに』より

――二〇〇六年　佼成出版社

こころの色

私がなにを思ってきたか
それがいまの私をつくっている
あなたがなにを考えてきたか
それがいまのあなたそのもの

世界はみんなのこころで決まる
世界はみんなのこころで変わる

あかんぼうのこころは白紙
大きくなると色にそまる
私のこころはどんな色？

きれいな色にこころをそめたい
きれいな色ならきっと幸せ
すきとおっていればもっと幸せ

影と海

私がだれかを傷つけるとき
苦しむのはこの私
あなたがだれかを苦しめるとき
傷つくのはそのあなた

苦しみも傷もついてくる
影のようにどこまでも

私がだれかを喜ばすとき
幸せなのはこの私
あなたがだれかを幸せにするとき
喜ぶのはそのあなた

幸せと喜びは歌っている
海のようにいつまでも

愛が消える

あいつが私を悲しませる
あいつが私を傷つける
あいつが私を打ちのめす
あいつが私を不幸にする

あいつのせいにしていると
私はあいつに閉じこめられる
私がだれかを憎むとき
私は私を憎んでいる
だれかがあなたをうらむとき
だれかは世界をうらんでいる
憎むほど憎しみはふくらんでいく
うらむほど愛は消えていく

たったいま
たったいま死ぬかもしれない
こころの底からそう思えれば

あらそいもいさかいもしたくなくなる
だれもがたったいま死ぬかもしれない

死ぬことはこわくなくなる
安らかに生きていければ

こころはいつもふらふらしている
こころはいつもふるえている
こころはいつもさまよっている
こころは晴れたり曇ったり

そんなこころの深みには
ひとすじの清らかな流れがあるはず

からだはいれもの

からだはいれもの　こころのいれもの
いつかこわれて土にかえる
死ねばからだは役目を終える
夏のセミのぬけがらのように

からだはこころを守っている
こころはからだをいつくしむ

摘《つ》んだ花はすぐにしおれる
摘まずに見つめる花は長生き
からだがほしいと思うものと
こころがなりたいと願うもの

ふたつはときにぶつかり合う
火と水のように

すこやかに

生きるのは喜び
生きるのは愛
憎み憎まれる
人々のあいだに生きても
すこやかに生きよう
たとえ苦しみのうちにあっても
勝者は知らずに憎しみの種をまき
敗者を苦しませる

勝ち負けにこだわるとき
喜びは苦しみへと病んでいく
すこやかに満ち足りて
とらわれぬこころが宝

たゆまずに

静かな気もちで
こころの奥を見つめるとき
おそれからもこだわりからも解き放たれる
こころとからだ
ひろびろと未来へと続く道
その道をたゆまずに歩む喜び

太陽の輝く道
星々が導いてくれる道
自由なこころの他に何ももたず
その道をたどった賢い人たち

彼らは耐えることを知っていた
いそしむことを知っていた

自分をはぐくむ

悪いこころと善《よ》いこころ
悪いことと善いことと
ふたつはからみあっている
木に巻きついた蔓《つる》のように

自分をはぐくむのは難しい
自分を枯らすのは簡単だ

あなたを導くのは
ほかでもないあなた自身
あなたはあなた自身を超えていく
自分を発見し続けることで

自分を大切に見つめたい
今日も明日《あす》もいつまでも

もっと向こうへと

悪はあなたのもの

哀《かな》しみはあなたのもの
だが善と喜びもあなたのもの
そして濁りないこころも

清い泉も濁った泥水も
みなあなたのこころから湧《わ》いてくる

いま見えている世界はただのあぶく
ただの幻
世界をありのままに見るために
目覚めよう　間違った夢から

この世界のもっと向こうへと続く道がある
喜びとともにその道をたどろう

『すき』より

——二〇〇六年　理論社

きいている

あさ　ことりがうたうとき
きいている　もりが

ひる　かわがうたうとき
きいている　おひさまが

よる　うみがうたうとき
きいている　ほしが

いつか　きみがうたうとき
きいている　きみをすきになるひとが

きょう　ちきゅうがささやくとき
きいている　うちゅうが

あす　みんながだまりこむとき
きいている　かみさまが

ねこのひげの　さきっちょで
きみのおへその　おくで

すき

すき
ゆうがたのはやしがすき
まよってるありんこがすき

りんごまるごとかじるのがすき
ひざこぞうすりむくのも
いたいけどすき

すきなもの
すきなこと
ずっとすきでいたい
きらいなものもあるけど
いつかそれも
すきになるかもしれない

すき
おかあさんすき
いつもけんかしてるけど
すき
おつきさまますき

おひさますき
ほしみんなすき
かぞえきれないけれど

やま

やまは　ふゆ
ぶあついゆきの　せーたーをきて
こぐまたちを　だきしめている
こもりうたも　うたわずに

やまは　はる
くさがめぶき　はながさき
くすぐったくて　くすぐったくて
やまはくすくす　わらいだす

やまは　なつ
にゅうどうぐもの　ぼうしがにあう
やまはとおくを　みせてくれる
こどもたちを　かたぐるまして

やまは　あき
いろとりどりの　ふくにきがえて
きゅうにおしゃれに　なってしまう
みずうみのかがみに　かおをうつして

うみ

うみ　おおきいうみ
うみ　ひかるうみ

うみ　すきとおるうみ
どこまでも

うみ　やさしいうみ
うみ　ゆれるうみ
うみ　くじらのすむうみ
ふかいうみ

うみ　おそろしいうみ
うみ　さけぶうみ
うみ　あくびするうみ
ねむるうみ

うみ　なつかしいうみ
うみ　うたううみ
うみ　たいせつなうみ

いつまでも

ほん

ほんはほんとうは
しろいかみのままでいたかった
もっとほんとのことというと
みどりのはのしげるきのままでいたかった
だがもうほんにされてしまったのだから
むかしのことはわすれようとおもって
ほんはじぶんをよんでみた
「ほんとうはしろいかみのままでいたかった」
とくろいかつじでかいてある

わるくないとほんはおもった
ぼくのきもちをみんながよんでくれる
ほんはほんでいることが
ほんのすこしうれしくなった

ご挨拶

おれ
生まれたての赤んぼ
名前はまだない
母は杉の木だ
父はアザラシ
でもおれ
人間だ

おれ
お日さま見たよ
目じゃなくて
へそで見た
熱かった
気持ちよかった
こわいくらい

まわりで
大人たちが
わいわい言ってる
おれがここへ来て
うれしいって
おれも
うれしい

でも
ここどこだ？
まえにも来たっけ？
あ
これなに？

そうだ
おっぱいだ
でも
なんでおっぱいだって
知ってるんだろ？
おれ

まあいいや
なんでもいい
生きてるのって

おもしろそう
おれ
死んだこともあるから
わかる

ありゃ
くさいよ
おれ
うんちしてる
母が笑ってるよ
杉の木
風にゆれてる
空
ずうっと
昔の昔まで続いてる
でもそれが

いまだ

アザラシの父
海で遊んでら
おれも
遊びたい
波になって
うねったり
しぶきあげたり

うん
いいよ
おれ
大きくなるよ
息して
飲んで

食べて
教えてもらう
いろいろ
ヘビのじいさんから
キノコのばあさんから
トンボのイトコからもね

パソコンもすぐおぼえるよ
サッカーだってうまくなるさ
星に愛されて
月にはちょっとシカとされるかな
泥はこっちから好きになる

以上
生まれたので
世界中の人間さんに

ちょいと
ご挨拶《あいさつ》

歌

母さんのおなかの中で
羊水《ようすい》にただよいながら
ぼく　もう歌っていた

草の揺りかごの中で聞いた
青空が子守唄を
歌ってくれるのを

ご飯のときはスプーンやお皿や
ニンジンやお芋といっしょに

唇も舌も歌った

なんの物音もしない夜
静けさのかなたからの歌に
ぼく　黙って声を合わせた

初めてキスしたとき
あのひとのからだが歌って
ぼくのからだも歌って…

ぼくらが生きるこの星の大気は
喜びと悲しみと苦しみをひとつに
いつも歌に満ちている

だからぼく　いつか死ぬときもきっと
歌っている

誰にも聞こえなくても

昔はどこへ

昔はどこへ行ったんだろう
時のかなたに消えたんだろうか
てくてく歩いて肩をおとして
案山子《かかし》を連れて黙りこくって

昔は今でもあるんだろうか
崩れかかったお城の隅に
かすれた声のレコードの中に
しまい忘れた小箱の奥に

昔はどこかに隠れているのか

歴史の本の分厚いページに
それとも誰かの思い出のうちに
乾いてしまった涙とともに

昔っていつのことだったのか
まだ原爆がなかったころか
ひいばあちゃんが少女のころか
それとも恐竜が生きていたころ？

昔はいつも後姿《うしろすがた》だ
花は今日も咲いているけど
遠い地平の夕焼けみつめて
人は静かに宇宙に溶ける

今では今しかないのだろうか
昨日《きのう》のことは夜に紛れて

明日《あした》の朝日にあこがれ続けて
古い火鉢は捨ててしまって

昔は今では懐かしいだけ
昔を探して旅を重ねて
人は今日に帰るしかない
昔はどこへ行ったんだろう

歌っていいですか

歌っていいですか
独《ひと》りの部屋であなたがうなされているとき
歌っていいですか
あなたの苦しい夢の中で

歌っていいですか
塹壕《ざんごう》の中であなたが照準を合わせているとき
歌っていいですか
幼い日の思い出のしらべを

歌っていいですか
ふるさとを見失いあなたが路上にうずくまるとき
歌っていいですか
足元の野花の美しさを

歌っていいですか
もう明日《あす》はないとあなたが無言で叫んでいるとき
歌っていいですか
暮れかかる今日の光のきらめきを
歌っていいですか

この世のすべてにあなたが背を向けるとき
歌っていいですか
愛を　あなたとそして私自身のために

信じる

笑うときには大口あけて
おこるときには本気でおこる
自分にうそがつけない私
そんな私を私は信じる
信じることに理由はいらない

地雷をふんで足をなくした
子どもの写真目をそらさずに
黙って涙を流したあなた

そんなあなたを私は信じる
信じることでよみがえるいのち
葉末《はずえ》の露《つゆ》がきらめく朝に
何をみつめる子鹿のひとみ
すべてのものが日々新しい
そんな世界を私は信じる
信じることは生きるみなもと

『子どもたちの遺言』より

生まれたよ　ぼく

生まれたよ　ぼく
やっとここにやってきた
まだ眼《め》は開《あ》いてないけど
まだ耳も聞こえないけど
ぼくは知ってる
ここがどんなにすばらしいところか

だから邪魔しないでください
ぼくが笑うのを　ぼくが泣くのを
ぼくが誰かを好きになるのを
ぼくが幸せになるのを

——二〇〇九年　佼成出版社

いつかぼくが
ここから出て行くときのために
いまからぼくは遺言《ゆいごん》する
山はいつまでも高くそびえていてほしい
海はいつまでも深くたたえていてほしい
空はいつまでも青く澄んでいてほしい
そして人はここにやってきた日のことを
忘れずにいてほしい

もどかしい自分
自分が無限の青空に吸い取られて
からっぽになっていく

何かに誰かにしがみつきたいのだけれど
分からない　どこに手をかければいいのか

子どものころとは違うさびしさ
置いてけぼりの頼りなさ
でもかすかな楽しさもひそんでいる
これは新しい自分かもしれない

夏みかんが酸っぱい
汗が風に乾いていく
少女たちの髪の匂いと
明るい笑い声

生きているってこういうことなんだ
さびしい自分　不安な自分
でも何かを待ってる自分

もどかしい自分
そういう自分をみつめる自分

いや

いやだ　と言っていいですか
本当にからだの底からいやなことを
我慢しなくていいですか
我がままだと思わなくていいですか

親にも先生にも頼らずに
友だちにも相談せずに
ひとりでいやだと言うのには勇気がいる
でもごまかしたくない
いやでないふりをするのはいやなんです

大人って分からない
世間っていったい何なんですか
何をこわがってるんですか

いやだ　と言わせてください
いやがってるのはちっぽけな私じゃない
幸せになろうとあがいている
宇宙につながる大きな私のいのちです

ゆれる

友だちとしゃべっていると　ときどき
おかしくもないのに笑い出したくなる
私が笑い出すと友だちも笑い出す

でも笑う中身はきっと違う
私は笑っていても楽しくない

私の中にたまっている悲しいこと
友だちにも話せないこと
友だちにも私に話せないことがきっとある
おしゃべりが途切れたとき
黙っていても平気な友だちがほしい

友だちに今すぐ会いたいとき
友だちの声も聞きたくないとき
友だちにもそんなときがきっとある
気持ちはいつも晴れたり曇ったり
いっそ嵐になってほしいと思うこともある

気がついたら手の中に　私

鳴らない携帯を握りしめてる

ありがとう

空　ありがとう
今日も私の上にいてくれて
曇っていても分かるよ
宇宙へと青くひろがっているのが

花　ありがとう
今日も咲いていてくれて
明日《あした》は散ってしまうかもしれない
でも匂いも色ももう私の一部

お母さん　ありがとう

私を生んでくれて
口に出すのは照れくさいから
一度っきりしか言わないけれど
でも誰だろう　何だろう
私に私をくれたのは？
限りない世界に向かって私は呟《つぶや》く
私　ありがとう

『詩の本』より

若さゆえ

差し伸べられた細い手
助けようとしてきみは助けられる
その手に
求めてやまぬひたむきな心
教えようとしてきみは学ぶ
その心に

凍りついた山々の頂を照らす朝日
重なり合う砂丘の柔らかい肩に昇る朝日
市場のざわめきをつらぬく朝日
それらは同じひとつの太陽

——二〇〇九年　集英社

だからきみはふるさとにいる
そこでも
底なしの深い目がきみを見つめる
その目にきみは読むだろう
太古からのもつれあう土地の物語
きみは何度も問いつめる
きみ自身を
地球のために

そして夜　人々とともにきみは踊る
きみは歌う
今日を生きる歓《よろこ》びを
若さがきみの力
きみの希望
そして私たちみんなの

若さゆえありあまるきみだから
目に見えるものを与えることは出来る
だが目に見えぬものは
ただ受け取るだけ
それが何よりも大切なみやげ
きみの明日

木を植える

木を植える
それはつぐなうこと
私たちが根こそぎにしたものを
木を植える

それは夢見ること
子どもたちのすこやかな明日を

木を植える
それは祈ること
いのちに宿る太古からの精霊に

木を植える
それは歌うこと
花と実りをもたらす風とともに

木を植える
それは耳をすますこと
よみがえる自然の無言の教えに

木を植える

それは智恵《ちえ》それは力
生きとし生けるものをむすぶ

ただ生きる

立てなくなってはじめて学ぶ
立つことの複雑さ
立つことの不思議
重力のむごさ優しさ

支えられてはじめて気づく
一歩の重み　一歩の喜び
支えてくれる手のぬくみ
独《ひと》りではないと知る安らぎ

ただ立っていること
ふるさとの星の上に
ただ歩くこと　陽《ひ》をあびて
ただ生きること　今日を

ひとつのいのちであること
人とともに　鳥やけものとともに
草木とともに　星々とともに
息深く　息長く

ただいのちであることの
そのありがたさに　へりくだる

終わりと始まり

アダージョの最後の音が
ゆるやかにディミニュエンドしていき
音楽の終わりは静けさの始まりと区別がつかない
……という言葉がもう静けさを壊している

時がどんなせせらぎよりも
ひそやかに繊細に流れていくのを知りながら
私たちは時間をこまごまと切り刻み
それを音楽で償おうとしている

終わりと始まりを辞書は反意語と呼ぶけれど
終わりが終わるとき始まりはもう始まっている
季節もそうして移り変わっていくのに
それを正確に名指すすべを言葉は知らない

古い年の終わりに穏やかに枯れていくものたち
新しい年の初めに生き生きと芽吹くものたち
そのどちらも同じひとつのいのち
切り離してしまえるものは何ひとつないのだ

『ぼくは　ぼく』より

みえないあみ

そらにかかるみえないあみ
そのあみのめのひとつがあなた
ひとつがわたし　しってることを
あなたにおしえる　しらないことを
あなたにおそわる　いいきぶん

じめんのしたのからみあうねっこ
そこにもいるあなたとわたし
そらのうえでじめんのしたで
わたしとあなたはむすばれている
こどもとおとなも　てきとみかたも

——二〇一三年　童話屋

だれもひとりではいきていけない

しんでくれた

うし
しんでくれた　ぼくのために
そいではんばーぐになった
ありがとう　うし

ほんとはね
ぶたもしんでくれてる
にわとりも　それから
いわしやさんまやさけやあさりや
いっぱいしんでくれてる

ぼくはしんでやれない
だれもぼくをたべないから
それに　もししんだら
おかあさんがなく
おとうさんがなく
おばあちゃんも　いもうとも

だからぼくはいきる
うしのぶん　ぶたのぶん
しんでくれたいきもののぶん
ぜんぶ

くらやみ

くらやみはおそろしい
いつのまにかこころにしのびこんでくる
でんきをつければへやはあかるくなるけれど
くらやみはこころからなくならない

くらやみにはなにがいるのだろう
めにはみえないのに
みみにもきこえないのに
こころはなにかにさわっている

そのなにかとなかよくなりたい
それはわたしのこころのなかにいるのだから
わたしといっしょにいきているのだから

それをおばけやゆうれいといっしょにしたくない
わたしはくらやみをすきになりたい
ひかりにちからがひそんでいるように
くらやみにもくらやみのちからがひそんでいる
そのちからをつかってこころのうちゅうをたびしたい

いのち

サバンナに立つ象の足元
アリが一匹迷子になってる
太平洋の青い深みで
イワシの群《むれ》が銀にひらめく
コンクリの割れ目に咲いて
たちまちに踏まれた花も

大空に輪を描《えが》くトビも
みんないのち　いのちをうたう

いのちがいのちを奪うときも
いのちからいのちは生まれ
いのちがいのちと争うときも
いのちはいのちとむすばれている

ホモサピエンスであるより先に
ヒトもひとつの無名のいのち
生きとし生けるもののふるさと
地球は生きていのち育《はぐく》む
のびやかに地を蹴《け》るいのち
ひたむきに夢見るいのち
いま響くこの歌声も
みんないのち　いのちをうたう

えんぴつのうた

まっしろいかみに
ひとすじの　せんをひくとき
あたらしいちへいが　ひろがる
イメージのあした　えがくきょう
いっぽんのえんぴつから　みらいははじまる
このゆびさきは　うちゅうにつづく

はじめてのかみに
たゆみなく　もじをつづれば
しなやかに　こころははばたく
ものがたるきのう　うたうきょう
いっぽんのえんぴつから　せかいはうまれる

このゆびさきに　ゆめがやどる
かんじる　おもう　かんがえる
みる　きく　しるす　こころみる
えんぴつとともに
いつも　いつまでも

『ごめんね』より

海辺の道

富士が見えている
私は立ちどまる
私は歩き出す

こんな小さな雑草にも
花が咲いている
ひっそりと小さな港
船はみんな出払っている

私は立ちどまる
私は少し汗ばんでいる

――二〇一四年　ナナロク社

海が青い
空が青い
私は歩き出す
同じ青ではない

不意に私は思い出す
死んだ友だちが撮っていた映画のこと
その中の壊れた柱時計のクローズアップ
私は立ちどまる

富士が見えている
どこまで行っても富士が見えている
私は歩き出す

涙

ピアニッシモ
もう聴きとれない
あのひとの愛のピアニッシモ……
そうして冬がきた
それはまるで
たくみに書かれた組曲の
終楽章のように
容赦なく

＊

雨と
涙とは
同じひとつの水源から

流れてくる
そして涙と
雨とは
同じひとつの心を
育てる
青空を待ち望む
あの
苦しみを

*

地にしみた
私の涙は
やがて空へかえってゆく
いつかそれは
霧となり
清水となり

川となり
あなたの渇きをいやす水となるだろう
そしてある日
それはあなたの涙となるだろう
私の見知らぬ友だちよ
わかちがたいこの悲しみを
それと知らずに
私はあなたと
わかちあうだろう

『おやすみ神たち』より　　——二〇一四年　ナナロク社

空

空という言葉を忘れて
空を見られますか？
生まれたての赤んぼのように
初めて空を見たとき
赤んぼは泣かなかった
笑いもしなかった
とてもとても真剣だった
宇宙と顔つき合わせて
それがタマシヒの顔

空が欲しい
言葉の空じゃなく
写真の空でもなく
本物の空を自分の心に

眠気

どうしてこんなに眠いのだろう
山は寝そべっている
空も目をつぶっている
木々も立ったまま居眠りをしているようだ
人は昼間から我先に眠りこんで
大判小判の夢を見ている
私は世捨て人になりたいのだが

これも夢に過ぎないのか
眠気を抑えてひとまず
拾い集めた貝殻を捨てた
海を捨てるわけにはいかないから

『バウムクーヘン』より
――二〇一八年　ナナロク社
とまらない

なきだすとぼく　とまらない
しゃっくりみたいに　なきじゃくって
なきやみたいのに　とまらないんだ
もうなみだは　でてこないのに
もうなにがかなしいのか
わからなくなっているのに

ほんとはおかあさんに　しがみつきたい
でもぼくはもう
いちにんまえの　おとこのこだから
あまえてはいけない

そうおもったらまた
まえよりもっと　かなしくなった

はじめてのきもち

はじめてのきもちで
むねがいっぱいになって
どうしていいかわからない
なみだがじわっとわいてくるけど
なきたいんじゃない
かなしいんじゃない
なまえがつけられないきもち

からだのなかにいずみがあって
そこからわいてくるのかな

こんなきもち　はじめてのきもち
おとなはみんなしってるのかな
だれかにいいたいけど
なんていっていいかわからない
じぶんだけのひみつのきもち

やめます

わたしにんげんやめます
くさになります
かぜにそよぎます

わたしにんげんやめます
むしになります
あなにかくれます

わたしにんげんやめます
つちになります
そらをみあげます
わたしにんげんやめます
ほしになります
にんげんをみおろします

解説——永遠の童心

田原

一

これまで、谷川俊太郎が書いた子どもの詩は二種類に分けられるのではないかと思う。一つは意識的に子どものために、能動的あるいは受動的に書いた作品群。もう一つはそれとは意識せずに書いたものである。一般に子どもに向けて書かれたものを「児童詩」というが、そのほかに、谷川は数多くの絵本を創作し、翻訳も手掛けた。しかしながら、絵本のように、子どもに対する教育性という、書き手として、大人としての社会的責任を果たそうとする思いは、谷川の「児童詩」にはあまり見られない。見られるのは教育性というよりも、子どもたちに楽しんでもらいたい、笑ってもらいたいという願望のほうが強いのではないかと思われる。『いつかどこかで　子どもの詩ベスト１４７』は主に子どものために書いた詩を中心としたアンソロジーである。

子どもの詩に関する質問に対して、多くのインタビューや対談の中で、谷川俊太郎がたびたび口にした言葉がある。「自分の中に未《いま》だに潜んでいる子ども性」、「内なる子ども」、「生命の年輪のど真ん中に潜む幼児としての自分」など。こういう言葉を聞いたり読んだりするとき、書籍で、あるいは彼の家の段ボール箱の中に、何度も見た彼の四、五歳時の写真をすぐに思い出すのだ。その豊かな表情から、活発かつ無邪気な童心が浮かんでくる。そんなとき、何度も彼の坊主刈りの頭を撫《な》でたい気持ちになった。たとえ時をさかのぼることができたとしても、彼が四、五歳のときといえば、私の父もまだ生まれていなかったのだが。

「子ども」という語彙に関しては、限定された狭い範囲でとらえる人が多いかも知れないが、じっくり考えてみると、範囲を広げてとらえた意味もあり得るのではないだろうか。大人であれば誰もが「子ども」を経験したはずである。かならず通った「道」だが、世の中に児童詩を書く人はなぜか少数しかいないという現実を不思議に思う。歳《とし》をとるとともに、童心が失われたのだろうか、それとも児童詩に手を出したくないのだろうか。私は童心が失われたという原因のほうが大きいと思う。考えてみれば、谷川俊太郎はどうやって童心を保って来たのだろう。彼が十数冊にのぼる子どもの詩集を書けたのは、本当に彼の中に潜む幼児としての自分がそうさせたからなのだろうか、これは私に残されたこれからの課題だ。

二

日本の法律に定める二十歳の成人になるまで、子どもは未成年者として認知されることを思えば、一歳から十九歳までは子どもの範疇《はんちゅう》に属する。けれども、学齢以前の幼児が、小学生が、あるいは中高生の子どもが読む内容が年齢ごとに違ってくることは言うまでもない。ある意味で言えば、子どもは詩の源の一つであり、優れた詩人の生まれつきの感性とイマジネーションは歳とともに成長するのだ。ここでふと、谷川俊太郎と何回も顔を合わせたことがあり、二〇一一年に同じ中坤国際詩歌賞を受賞した、中国現代詩を代表する牛漢《ニウハン》（一九二三―二〇一三）のエッセイを思い出した。彼がかつて孫娘と一緒にベランダで遊んでいたとき、三歳の孫が赤い花の咲いている鉢植えを小さな手で指さして、「誰が火をつけたの？　花が燃えているよ」と言った。この光る言葉は詩になるだろう。そういう意味であどけない子どもはみな詩人の一面がある。

谷川俊太郎がいままで書いた子どもの詩に限って言えば、小学校卒業までの子どもに読ませる作品が大半を占めている。『ことばあそびうた』系列は子どもの口調と目線で書かれていて、虚飾がなく、韻文性のあるリズム先行の詩がほとんどだが、意味先行のひらがなの詩も少なくない。これらの詩はどれが意識的に、どれが本能的に書かれたのか、見分けるのが難しい。私の把握しているところで言うならば、これらの作品群は意識的というよりも、本能的に自然に誕生したと言ったほうがふさわしいかも知れない。つまり、谷川俊太郎は天然の詩人であるのだ。

意識的に書いた作品群は主に新聞、雑誌と出版社などのメディアからの注文と依頼によって成り立つものが多い。いわば受動的に子どもの年齢を想定した上で、作品を構成したと、詩人本人もそう明言している。なぜ谷川俊太郎はいままで子どもの詩を書き続けたのだろう。おそらく幼年期が彼の心に潜んでいるから、彼の童心がいつまでも生き生きしているのだろう。このことは、山田兼士《けんじ》が谷川との対談の際に用いたボードレールの言葉、「天才とは意のままに取り戻せる幼年期のこと」に一致している。谷川俊太郎にとって、詩を書くということは、子どもに読ませることよりも、童心に返って子どもと遊ぶことだというのが本音かも知れない。

三

かつて谷川俊太郎はあるインタビューに答えて「道端に咲いている草花みたいな詩を書きたい」と言ったことがある。この言葉を読むと、日本語は長編詩に向いてないという彼の持論が思い出される。確かに、彼がこれまでに書いた一番長い詩「タラマイカ偽《ぎ》書残闕《しょざんけつ》」は四百行あまりで、数千行の長編詩にくらべれば短いけれども、詩は長短の勝負ではなく、普遍性による高い完成度が求められるものなのだ。

児童文学の世界では、童話などを除いて、児童詩の特徴と言えば、まず子どもらしい天真爛漫《てんしんらんまん》な面白さがなければならず、詩句は分かりやすくて短く、題材がユニークで目新しくなければばならない。中国語における児童詩に関しては、子どもの天性に合わせて次のようにまとめられることが多い。a、言葉は明晰《めいせき》で平易であること。b、純真と率直な感情。c、幼くデリケートな心と楽しい雰囲気。d、イメージが映像として浮かぶこと。e、さわやかで流暢《りゅうちょう》な音楽性。これらはほとんど谷川の子どもの詩に当てはまるが、日本語の外からみれば、リズムや音韻重視の作品群だけは、そうとも言えないところがある。

以前の文章でも触れたことがあるが、この類の作品を訳したときは、いままでにない経験をした。何度も何度も壁に突き当たった。よく知られている「かっぱ」という詩が典型的な例である。

かっぱかっぱらった
かっぱらっぱかっぱらった
とってちってた

かっぱなっぱかった
かっぱなっぱいっぱかった
かってきってくった
——谷川俊太郎「かっぱ」

河童乗隙速行窃　ハァトン　チェンシイ　スウシンチェ
偸走河童的喇叭　トウヅウ　ハァトンダ　ラアバ
吹着喇叭滴答答　チュイジョ　ラアバ　ディーダアダ
河童買回青菜葉　ハァトン　マイホェイ　チンツァイイエ
河童只買了一把　ハァトン　ジイマイラ　イイバア
買回切切全吃下　マイホェイ　チェチェ　チュアンチイシア
——「河童」(田原　訳)

この詩を最初に読んだとき、爽快なリズム感に惹《ひ》かれて、楽しかったが、正直にいうと、その意味がすぐには分からなかった。繰り返し読んでも理解不能だった。リズムや音韻重視と言っても、意味があるのだから、訳してみようとしたときに、原詩の生き生きとしたリズム感を外国語に置き換えることは不可能だとしても、少なくとも、日本語の文芸的雰囲気を自分の母語に移植したかった。とりかかってみると、ただの六行に一年余りかかった。途中で何回もやり直したが、なかなか原詩の雰囲気が出て来なくて、満足できず発表には至らなかった。そうしているうちに、ある日、突然奇跡のように満足のゆく訳ができた。どのようにして訳ができたか、いまになっても分からない。

この類のことばあそびの詩の翻訳が難しいのは、言葉の意味は二の次で、むしろその形式や韻文性、面白さのほうが主であるからだ。ほかの言語にこういうようなリズムや音韻重視の詩が存在するかどうかは詳しくないが、似たようなことばあそびの詩は古代の中国にもあって、一般的に、唐《とう》の南陽《なんよう》出身の張打油《ちょうだゆ》という詩人から始まったと言われている。世々代々に読まれる次の詩は名作である。

江山一籠統、
井上黒窟窿。
黄狗身上白、
白狗身上腫。

——（唐）張打油「詠雪」

あたり一面ぼんやりと
井戸は真っ黒な穴になり
茶色の犬は真っ白毛
白い犬は着ぶくれる

——「雪を詠《よ》む」（田原　訳）

この詩は雪を詠んでいる。五言《ごごん》の中に「雪」という文字は一度も使用されていないけれども、子どもが読んでも雪について描いていることが分かる。言葉とポエジーはたわむれるところがはっきりしているが、意味もちゃんと通っている。つまり、意味を前提にした上で、楽しく言葉を遊んでいるのである。しかし、日本語に訳すと、原詩のリズムや音韻がすべて失われてしまい、その意味だけではどうしても共感度が落ちると思う。この詩は千数百年の間愛誦《あいしょう》されてきたが、現代の「打油詩《だゆし》」（遊び諧謔詩《かいぎゃくし》）というジャンル名は彼の名前に由来している。この詩における文学性を考えると、あまり研究の対象にはならない。それが、いままでにこの詩の日本語訳が出なかった理由の一つかも知れない。もちろん詩は研究のために書かれるものではないとしても。

詩人にもいろんなタイプがある。抒情《じょじょう》的、叙事的、哲理派、抽象派、口語派等々。どの言語においても、多くの詩人は児童詩を書かない、もしくは書けないのかもしれない。児童詩を書く詩人は各言語に存在するのだが、その多くはほとんど児童詩しか書かない。なぜ多くの詩人は子どもという読者を無視してきたのだろう。なぜ谷川俊太郎のように児童詩を書かないのだろう。普通の詩と児童詩はあくまで同じ詩であるが、心が違うだけでなく、言葉、想像、目線、姿勢、語感なども違うと思う。そういう意味で、谷川俊太郎は詩人の中の詩人であり、稀《まれ》の中の稀な詩人であると言わざるを得ない。

谷川俊太郎の児童詩は彼独自の詩学基準を形成した。ユーモラスでありながら、けっして知性と感性が「欠席」しているのではない。平易の中に深さと面白さが表現されている。駄洒落《だじやれ》にも真面目《まじめ》な真剣さは失われていない。子どもの目線と好奇心を以《もっ》て世界と他者を凝視し、自分本来の少年性を丸ごと差し出した。子どもの言葉で最大限にポエジーを豊かに生かした。物語性のある子どもの詩は、登場人物が鮮明で、子どもの理解に深い味わいをもたらす。子どもの想像力を呼び起こすと同時に、子どもに多くのプラス思考を与えると思う。そういう側面から言えば、教育性のある詩とも言えるだろう。

命がある限り、谷川俊太郎は子どもの詩を書き続けるだろうと思う。なぜなら、彼の生命の年輪の奥にもう一人の少年谷川俊太郎が永遠に宿っているからだ。この永遠の童心こそ、彼の瑞々《みずみず》しい心による子どもの詩が、次から次へと生まれてくる重要な根拠になっているのだ。

二〇二〇年十二月二十九日　　稲毛にて

（ティエン・ユアン　詩人、日本文学研究者）

収録詩集一覧

『あなたに』東京創元社　1960年4月
『落首九十九』朝日新聞社　1964年9月
『日本語のおけいこ』理論社　1965年7月
『谷川俊太郎詩集　日本の詩人17』河出書房　1968年5月
『うつむく青年』山梨シルクセンター出版部　1971年9月
『谷川俊太郎詩集　日本の詩集17』角川書店　1972年4月
『ことばあそびうた』福音館書店　1973年10月
『誰もしらない』国土社　1976年2月
『ことばあそびうた　また』福音館書店　1981年5月
『わらべうた』集英社　1981年10月
『わらべうた　続』集英社　1982年3月
『みみをすます』福音館書店　1982年6月
『どきん』理論社　1983年2月
『スーパーマンその他大勢』グラフィック社　1983年12月
『よしなしうた』青土社　1985年5月
『いちねんせい』小学館　1988年1月
『はだか』筑摩書房　1988年7月
『十八歳』東京書籍　1993年4月
『子どもの肖像』紀伊國屋書店　1993年4月
『ふじさんとおひさま』童話屋　1994年1月
『みんな　やわらかい』大日本図書　1999年10月
『シャガールと木の葉』集英社　2005年5月
『すこやかに　おだやかに　しなやかに』佼成出版社　2006年1月
『すき』理論社　2006年5月
『子どもたちの遺言』佼成出版社　2009年1月
『詩の本』集英社　2009年9月
『ぼくは　ぼく』童話屋　2013年1月
『ごめんね』ナナロク社　2014年8月
『おやすみ神たち』ナナロク社　2014年11月
『バウムクーヘン』ナナロク社　2018年9月

編者略歴　田原《ティエンユアン》 (Tian Yuan)

1965年11月10日中国河南省生まれ。91年5月来日留学。2003年『谷川俊太郎論』で文学博士号取得。現在、城西国際大学で教鞭をとる。中国版『谷川俊太郎詩選』を18冊翻訳出版したほか、北園克衛など日本の現代詩人作品を翻訳。中国語、英語、韓国語、モンゴル語による詩集で、中国、アメリカ、台湾などで詩の文学賞を受賞している。2001年第1回「留学生文学賞」(旧ボヤン賞)受賞。2004年日本語で書かれた第一詩集『そうして岸が誕生した』を刊行。2009年第二詩集『石の記憶』で第60回H氏賞を受賞した。2013年第10回上海文学賞受賞、2015年海外華人傑出賞、2017年台湾第1回太平洋翻訳賞受賞。2019年『金子みすゞ全集』が2018年度中国優秀詩集ベストテンに選ばれる。

『いつかどこかで　子どもの詩ベスト147』について

◎本作品集は、谷川俊太郎のすべての詩集から子どもをテーマに詩篇を編んだ、文庫オリジナルのアンソロジーである。
◎収録作品は、編者田原が択び、原則として各詩集の刊行年順・詩集収録順に配置した。
◎校訂は、各初版本を底本とした。ただし、拗促音は並字を小文字にし、誤植等は著者了解のもとに訂正した。
◎文庫化にさいして、難読と思われる漢字には底本のルビ(振り仮名)を生かした。
◎常用漢字・人名用漢字の旧字体は新字体にあらため、その他は原則として正字体とした。
◎初版本を底本とする本作品集は、今日ではその表現に配慮する必要のある語句を含むものもあるが、差別を助長する意味で使用されていないことなどを考慮し、すべて作品発表時のままとした。

谷川俊太郎の本

わらべうた

けんかならこい、わるくちうた、おならうたなど、遠い日の子ども心をよび戻す、素朴で、抒情あふれるかぞえうたの数かず。人間をいとおしむ詩人による現代の楽しいわらべうた。

集英社文庫

谷川俊太郎の本

ONCE―ワンス―

「私は生きたのだ、私の五〇年代を、ただ一度だけ」。詩人の二〇代に重なる一九五〇年代。自由で幸せな青春時代の詩歌、日記などを収めた、谷川俊太郎の原点と軌跡を知る作品集。

集英社文庫

谷川俊太郎の本

谷川俊太郎詩選集（全四冊）

軽やかで深い、美しい言葉の贈りもの……。半世紀を超える詩業からの名詩選。激動する時代をきり拓く、みずみずしい言葉の宇宙。現代詩の世界で圧倒的人気の著者の文庫版詩集。

集英社文庫

谷川俊太郎の本

私の胸は小さすぎる

恋愛詩ベスト96

デビューから六〇年以上現代詩をリードする世界的詩人の全詩作品から、愛と恋の宇宙を感じる詩、九五作品を厳選。特別書き下ろしの新作詩一編も収録！

集英社文庫 目録（日本文学）

田辺聖子　楽老抄 ゆめのしずく
田辺聖子　セピア色の映画館
田辺聖子　姥ざかり花の旅笠 小田宅子の「東路日記」
田辺聖子　夢の櫂こぎ どんぶらこ
田辺聖子　愛を謳《うた》う
田辺聖子　あめんぼに夕立 楽老抄II
田辺聖子　愛してよろしいですか？
田辺聖子　九時まで待って
田辺聖子　風をください
田辺聖子　ベッドの思惑
田辺聖子　春のめざめは紫の巻 新・私本源氏
田辺聖子　恋のからたち垣の巻 異本源氏物語
田辺聖子　ふわふわ玉人生 楽老抄III
田辺聖子　恋にあっぷあっぷ
田辺聖子　返事はあした
田辺聖子　お気に入りの孤独

田辺聖子　お目にかかれて満足です（上）（下）
田辺聖子　そのときはそのとき 楽老抄IV
田辺聖子　われにやさしき人多かりき わたしの文学人生
谷　瑞恵　思い出のとき修理します
谷　瑞恵　思い出のとき修理します2 明日を動かす歯車
谷　瑞恵　思い出のとき修理します3 空からの時報
谷　瑞恵　思い出のとき修理します4 永久時計を胸に
谷　瑞恵　木もれ日を縫う
谷　瑞恵　あかずの扉の鍵貸します
谷川俊太郎　わらべうた
谷川俊太郎　これが私の優しさです 谷川俊太郎詩集
谷川俊太郎　ONCE ―ワンス―
谷川俊太郎　谷川俊太郎詩選集 1
谷川俊太郎　谷川俊太郎詩選集 2
谷川俊太郎　谷川俊太郎詩選集 3
谷川俊太郎　二十億光年の孤独

谷川俊太郎　62のソネット＋36
谷川俊太郎　谷川俊太郎詩選集 4
谷川俊太郎　私の胸は小さすぎる 恋愛詩ベスト96
谷川俊太郎　いつかどこかで 子どもの詩ベスト147
谷川俊太郎　からだに従う ベストエッセイ集
谷崎潤一郎　谷崎潤一郎犯罪小説集
谷崎潤一郎　谷崎潤一郎マゾヒズム小説集
谷崎潤一郎　谷崎潤一郎フェティシズム小説集
谷崎由依　鏡のなかのアジア
谷崎由依　遠の眠りの
谷村志穂　なんて遠い海
谷村志穂　シュークリアの海
谷村志穂・飛田和緒　ごちそう山《さん》
谷村志穂　ベリーショート
谷村志穂　妖精愛
谷村志穂　カンバセーション！

集英社文庫

いつかどこかで 子《こ》どもの詩《し》ベスト147

2021年3月25日 第1刷
2024年12月18日 第2刷

定価はカバーに表示してあります。

著　者　谷川《たにかわ》俊《しゅん》太郎《たろう》

編　者　田《ティエン》　原《ユアン》

発行者　樋口尚也

発行所　株式会社 集英社
東京都千代田区一ツ橋2-5-10　〒101-8050
電話【編集部】03-3230-6095
【読者係】03-3230-6080
【販売部】03-3230-6393（書店専用）

印　刷　中央精版印刷株式会社　株式会社美松堂

製　本　中央精版印刷株式会社

フォーマットデザイン　アリヤマデザインストア　　マークデザイン　居山浩二

ISBN978-4-08-744226-7 C0192

S